马非 著

美味

GUANGXI NORMAL UNIVERSITY PRESS
广西师范大学出版社
·桂林·

美味
MEIWEI

图书在版编目（CIP）数据

美味 / 马非著. -- 桂林：广西师范大学出版社，
2025. 8. -- ISBN 978-7-5598-8356-8

Ⅰ. I227

中国国家版本馆 CIP 数据核字第 20252DX793 号

广西师范大学出版社出版发行

广西桂林市五里店路 9 号　　邮政编码：541004

网址：http://www.bbtpress.com

出版人：黄轩庄

全国新华书店经销

北京博海升彩色印刷有限公司印刷

北京市通州区中关村科技园区通州园金桥科技产业
基地环宇路 6 号　邮政编码：100076

开本：787 mm × 1 092 mm　1/32

印张：13　　　字数：60 千

2025 年 8 月第 1 版　　2025 年 8 月第 1 次印刷

定价：56.00 元

如发现印装质量问题，影响阅读，请与出版社发行部门联系调换。

序：马非的美味

　　这部诗集的书名是《美味》，诗人选取这样一个题目，多少是让人有点儿意外的。这一方面当然是出于诗人的谦虚，他把自己的作品当作供大家品尝、欣赏和享用的菜肴，当作一种文化消费品（从接受的角度，事实也正是如此）；而另一方面，诗人也足够骄傲和自信，他毫不客气地宣称，自己奉上的，乃是"美味"，是标准和层次上的高级货色。有些读者也许还不太习惯，把诗歌这种通常是划分到文学皇冠上的明珠一类的精英读物，称作美食，即使是譬喻，似乎也不尽适当。但是，假如我们回溯中国的传统，我们的中华民族美学恰好是非常讲究"味道"的，无论是作品本身的诗意，还是品鉴和赏识，都很强调滋味、意味、品味、玩味、回味，等等，所以，我们不妨把这个"美味"，视为对遥远的古典精神的一种承继和致敬。

我们可以沿着上述话题再讨论一下，既是美味，就涉及制作，就和背后艺术家的追求、技艺和手艺相关。众所周知，作为烹饪大国，我们的风格大致可以分为两路，从味道上说，就是"香"和"鲜"，前者烈火烹油，浓墨重彩，比方其代表——川菜，经常是光调料就占了一多半，口味重，味道足，吃起来过瘾；而后者则有些"无为而治"，尽可能突出和发挥材质的本味和真味，以清蒸、清炖、清煮和清炒为主，粤菜庶几近之。如果勉强拿文学史来类比，铺张华丽、无所不用其极的汉赋大略是"香"的吧，而"清水出芙蓉"的一部分的李白，"应似飞鸿踏雪泥"的一部分的苏轼，特别是"悠然见南山"的陶渊明，或许该算是"鲜"的吧。如马非诗云，"作品存在没有华美辞藻／内容过于直白的缺点／后来他成为一代大师／也是因为这些缺点"。诗人马非，当然也属于后一类。

他不依不饶地追问：

"能否对我写的诗

给一两句真话"

真话是"你别写了"

但打死我也说不出口

只能用一句假话代替

——《讲真话岂是那么容易》

我也不知道

自己说得对不对

反正如是作答：

"你们的要求太低

三苏不是干这个的"

——《回答》

　　但是，对于早已接受了文学即是渲染、夸张、强调的作者和读者，"平淡"的本味永远是一种冒险和考验。首先，你选择的内容是否为真，能否算正，这就要求你的眼光，你的判断，你的趣味，你的美学直觉；其次不要忘记，即使是这种貌似还原"本味"的作品也出自精心的创造，其具体的工艺存乎于心，难以言传，但同样需要天才和训练。而进入这样的境界，需要耐心，更需要慧心和会心。我们看马非是怎样写他在医院陪护自己父母的，"几十年后 / 我又和我妈 / 躺在一起睡觉 / （尽管分属两张床，但是紧挨着）/ 由此我发现了 / 我与我妈的角色 / 发生了互换 / 我变成了妈妈 / 她变成了孩子 / 我是在听着她 / 发出轻微的鼾声后 / 才渐渐入睡的"。"虽然我也清楚 / 这是幻觉 / 但又止不住 / 信以为真 / 流进父亲 / 身体里的液体 / 也在一滴一滴 / 流进我的身体"。落笔很轻，但很实在，其中蕴含的深情，是体贴的，也是低调的，但又是实体般沉甸甸的，我们能感受到它的分量。再比方这一首《怅然若失》，"分别的时候 / 你给了我 / 写有电话 / 号码的纸条 / 醒来之后 / 我还能 / 清晰地记得 / 就放在了 / 上衣右侧的 / 口袋里面"。可以引申和联想到很多，确实令人怅然若失，这是一种难忘的心理经验，也是深刻的诗学体验。

我正在骑车

碰到同居一院

正在散步的老张

老张问我：

"你干啥呢"

我犹豫了一下

但还是如实相告：

"骑自行车"

　　如实相告，这就能够构成诗意吗？没错，这首诗就像是某种示范，因为当代中国诗歌的一个主要进步，正是重返我们的生活现场，重回我们的日常生活；而这种现象学意义上的还原和澄清，正让我们拨开重重迷雾，"看到"真相（在以往的诗里，我们几乎看不到，真实往往是被遮蔽的，或者根本就是不存在的）。比如诗人重返母校，"我以为会流泪／至少会伤感／结果一个都没有发生／唯一的感受是／饭菜有点难以下咽／我没吃完"。这让人意外，当然，也不意外。它修正我们惯常的思维和看法，其本身也充满了发现的趣味、惊喜和快乐，这即是很多人并不了解和认同的现代的诗性。

尽管没有谁提问：

"为什么只有你

看见了旱獭"

但我还是要说：

"因为我一直在看"

不过也只是想了想

并未真的说出来

　　这首诗也是经验之谈，诗歌并非总是从天而降，也不见得全是灵感乍现，它也是全天候有准备的工作，要保持开放的心灵，打开感官，接纳万物，欢迎意外，这就是很多优秀诗人的状态，也只有这样，诗人才能不断地有所收获。

　　马非是我相识二十多年的诗友和朋友，我了解和熟悉他的诗歌历程，阅读他的作品，我常常会心而笑，但也常常不无惊讶之感。"其实就是年轻的时候 / 我也是沿墙根走路的 / 不需别人提醒 / 身为诗人我早就知道 / 自己的位置在哪里。""只要没把你 / 写诗

的那根弦搞坏 / 其他的可以忽略不计。""如果我写的井冈山 / 在你的意料之中 / 我的写作就是失败的。"

他是非常自觉并建立起了自己成熟诗学的诗人。他写得克制内敛，但也坦然和坦白，对读者总是以诚相待，和盘托出。他的作品，可以说，就是我以为的某种典型的当代诗歌。虽然没有统一标准，但我觉得，能够包容一个人的生命，尤其是一个人的内心生活，特别是能够直面和处理我们当下的诸多问题，正是当代诗歌的特点或者重要标志。变化了的世界对诗人有了不同的要求，诗歌的标准也转变了。简而言之，过去那种只是发发感慨，写写感觉，再来点儿小哲理和小情绪的诗歌已经失效，已经没有什么市场了，新的诗歌必须拥有面对纷繁世事和人心的穿透力和概括性，需要有新的美学目标和理想。相应地，我认为，诗人特别需要一种"思想能力"，倒不是说诗人要发明什么思想体系或者运用什么逻辑，而是指一种能够于百万军中直取上将首级的发现问题、抓住要点的眼光和判断力，是能够把裂缝变为大洞，让洞穴最后塌方的推进力。"但在经历过 / 诸多漏洞百出 / 明显不

实的 / 小道消息 / 其中有些居然 / 是真事之后 / 就不能不承认 / 幼稚的是我了。""考试的时候 / 总是有些题会答 / 有些题不会答 / 别在不会的题上 / 浪费太多时间 / 否则会答的题 / 都没时间答 / 就太可惜了。""当地朋友说 / 我们这里很久没有 / 下过这么大的雨了 / 一定是你们带来的 / 虽然我知道 / 我们没有那个能耐 / 但我无法证明这一点 / 就什么都没说。"可以说，这就是当代诗歌里新的智性之美，也是它的核心要素，它致力于发现新的角度和视野，提供新的观点和目光，从而影响并改造我们的世界观。马非诗歌的方向和重点，也是他的主要贡献，正在这些方面。

也就是说，诗人不光要把"物象"纳入自己的取景框，而且，把自己的"心象"也作如是观，现在进行时的外部世界和内部世界，同步运行，彼此映照，这样的诗歌发生学，不唯是在美学上给人启示，也是在思维方式上给人以刺激和校正。现代的艺术智慧只能是尼采式的，即以碎片形式出现，以准确和敏捷见长，有一种切瓜砍菜，手起刀落的简洁和果断："刚刚在对岸 / 我没有看见 / 那树红叶 / 我是在抵达 / 河

的另一边 / 朝对岸看时 / 才注意到 / 有一树红叶 / 经过辨认 / 还发现刚才 / 我就是从它 / 下面经过的。"这是马非发现的《时间》："没有提奥 / 就没有凡·高 / 在他们生前 // 没有凡·高 / 就没有提奥 / 在他们死后。"这是他看到的《在北极》："冰雪消融 / 草长花开 / 美丽的夏季 / 终于到来了 / 熊却不高兴 / 捕猎开始 / 变得困难 / 他们只能 / 忍饥挨饿。"闻所未闻，见所未见，我们好像有一种来到异域的陌生感，甚至是不适感，但也有豁然开朗、洞悉奥秘的惊奇感和愉悦感，这可能正是我们的审美发生改变的契机。

　　现在好了，美味已经放在这儿了，这也可以视作一个邀请，我们共同来感受我们的当代和当代的诗吧，还有什么可犹豫的呢？

唐欣

2024 年 7 月 17 日

北京 椿树馆

目 录

辑
一

谁是高手

（

想起

庚子年年中

在一家火锅店吃饭

听到身后一桌

有一个男人说：

"今年能挺过去

我还是小李总

挺不过去

就是小李了"

逗我微微一笑

觉得此人挺幽默

还回头看了看他

半年过去了

今天猛然想起

并很想知道

我已经记不清

长相的那个男人

别人怎么称呼他

讲给那些自以为无所不知的人听

新放入鱼缸中的

八条红绿灯里的

七条一夜之间

被花狗捕获并吃掉

一周过去了

剩下的那一条

还活得好好的

更有甚者

我好几次

捏着一把汗看到

它在花狗嘴边游动

而后者竟不为所动

仿佛没看见一样

我不了解的事

自费出了一本书

里面抄袭了

不少别人的文章

当被告上公堂

我才知道其人其事

并想当然地以为

作者很有钱

没有地方花

实际情况却是

她前几年离婚

还有疾病在身

目前正在医院

接受治疗

已经悲惨到要把

唯一的房子

出售的地步

涉嫌抄袭的一件往事

柏君在朋友圈

公布了一首

一个名诗人写的

与我的一首诗

长得很像的诗

还与我的那首诗

排在一起

初见之时

我的第一反应是

"抄我的"

但没有愤怒

相反还一笑付之

写得太啰唆了

没我那首好

是明摆着的

解决

我已经来到了

知天命的年纪

一想到这事

说实话还是有

慌恐之感的

但很快就消除了

我告诉自己：

把五十当四十过

并决定从明天起

进行力量练习

从举哑铃开始

不舒服

两年过去了

我本来以为

同事里没有人不知道

我患了糖尿病

所以在电梯里

当她突然开口

对我瘦下来的身材

表达由衷的赞赏

还向我取经

难免令我小吃一惊

进而还产生了一点儿

不舒服的感觉

并暗自决定

找个时间

跟她好好谈谈

只沉浸在自己的世界里

太孤僻了

不是好事

在鱼缸前

经常看见

有的鱼将鱼屎

误当成鱼食

一口吞下

但紧接着

会吐出来

令我想起

有的人也会将

同类的屎吞下

只是从未见过

吐出来

正能量之诗

我们单位的小赵

要娶媳妇儿了

我们单位的小赵

本来对娶媳妇儿

不抱太大希望了

我们单位的小赵

是有名的孝子

我们单位的小赵

是在伺候住院的

老娘过程中

被邻床的老太太

和老太太的女儿

双双相中的

我们单位的小赵

还有两年就四张了

即将过门的媳妇儿

比他整整小了一轮

唏嘘

司机小严他们庄子

有一个上门女婿

因为没地位

成了著名的软蛋

分的宅基地最差

分的耕地最差

生的两个儿子

尽遭人欺负

谁也想不到的是

在本市扩容

征地补偿中

他拿到的钱最多

几乎是别人的两倍

原因是他地处

庄子边缘的房子

和贫瘠的耕地

离市区最近

令小严唏嘘

也令我在车上

沉默了一支烟的时间

没有消息就是好消息

给父亲办出院的时候

我向李大夫要电话号码

她反过来向我要电话号码

并且说："如果一周后

我不主动打电话给你

就说明活检结果好着呢"

如今距父亲出院已经九天

并没有接到李大夫的电话

假如我的身体像过去一样

今天晚上应该喝一壶

滚一边去

走在两个年轻人身后
听到一个对另一个说：
"人老就应该滚一边去"
我看了看伸手可及的墙
对自己的表现挺满意
其实就是年轻的时候
我也是沿墙根走路的
不需要别人提醒
身为诗人我早就知道
自己的位置在哪里

广告

她一出场

我以为

广告的主题

是乳罩

再往下看

以为是唇膏

后来我相继

以为是耳环

眼影以及

假睫毛

在最后三秒

我才知道

自己错了

彻底错了

原来是一瓶

碳酸饮料

固执

她每回用电子钥匙

锁上车门后

都会再拉一下把手

看看锁上没有

已经六年了

至少也有一千多次

尽管从未发生过

没有锁上的情况

但仍然不屈不挠

大有继续下去的意思

截自一部日本电影的对话

男:"哦，原来这个东西

是 1983 年制作的"

女:"我也是那年生的"

男:"难怪生锈了"

我终于闻到了年味

老同事才让

患了骨髓炎

流水不止的膝盖

在他求医无数

花钱无数的

七八年之后

终于愈合了

拜河南汝州

一个老中医的

一贴膏药所赐

是腊月二十七

我代表单位

前去慰问他时

才知道的

与此同时

还闻到了年味

虽然没两天

就要过春节了

但闻到年的气息

还是头一次

过年

大年三十早上
儿子给鱼缸里
投了一次食
中午临出门
去爷爷家之前
又投了一次
而过去是
一天有时两天
才喂一次
真搞不懂
这个小伙子
是怎么想的

平衡

我也知道

读诗的人

着实不多

幸运的是

我也知道

我并不是

为更多人

读到而写

初一惊魂

在行人寥寥

时有鞭炮炸响的

大年初一下午的

西关大街走过

突然听到一声

嘶哑的喊叫：

"鞋垫"

吓了我一跳

随后我才看见

一个老太太

和她脚下的一排

花花绿绿的鞋垫

打电线杆后面

渐次出现

跪乳

在日月山
我看到了跪乳
我还是第一次
在现场看见跪乳
并且发现
不是小羊
一定要跪着吃奶
是母羊不肯
像狗那样趴着
才不得已为之
我知道这么说
是很没意思的
还要遭人唾骂
但向苍天发誓
我绝无抹黑之心

恶毒之意

只是实话实说

心绪难平

儿子的高中同学

现在北京读研究生的

刘元不知道他爸

是干什么的

是春节期间

儿子与其吃了一顿火锅

回家之后告诉我的

即便我开玩笑说:

"弄不好在安全部门工作

需要保密"

也没能让自己的小心脏

很快平静下来

过年真好

我说的是小时候

过年不但会得到一身

至少一件新衣服

还能吃上几顿肉

肥肉片是最香的

过年打碎了饭碗

也不需要像平时那样

挨一顿胖揍

小严养鱼记

同事小严养的鱼

是专吃小鱼的银龙

有一次正以鱼喂鱼

恰巧被从农村来家

小住的父亲看到

对其进行了严厉训斥：

"还知识分子呢

你哪里是养鱼呀

你这是害命"

第二天还趁小严上班

将银龙捞出

拿早市上卖了

小严没敢吭气

一个梦

停电了

电梯也不得不停了

只剩直上直下

且无护栏

亦无把手的阶梯

站在至少有

一百层楼

那么高的地方

我抖若筛糠

不知道

该怎么爬下去

而不被摔死

打架

我从未在诗里

写过打架

不是没打过

是不好意思说

因为手不够黑

每遇此事

即便手拎板砖

也没有抡圆过

其结果可想而知

自己总是成为

头破血流的那个

干什么

现在的孩子

上中学开始

就计划将来干什么

上大学就知道

将来干什么

我与他们不同

直到大学毕业

都不知道也不关心

下一步干什么

我是干了什么之后

才知道干什么的

你们都看见了

干到现在还不错

花

我知道这个季节

去西安会看到

今年的第一朵花

也的确看到了

但没有出现

应有的激动

在我上大学那会儿

没有的雾霾中

谁是高手

在西安

和朱剑宵夜

在埋首炒细面的同时

我的耳朵还注意到

旁边一桌的两个人

其中女人对男人

说出的一句话：

"你真是泡妞高手"

他们早我一步离开

被男人搂着的女人

表现得很享受

老了

当我讲完

小梁很愤怒

用他的话说

"气得发抖"

让我不得不承认

自己真的老了

如果要发抖

应该发生在

我身上才对

刚才讲的事情

与他无关

是针对我自己的

重返师大

母校仿如仙境

我以为是

心理原因起的作用

后来才意识到

是外因造成的

在绵绵春雨中

哪里都是仙境

能写好

长安见伊沙

在就餐的三小时中

他一直谈论着李白

其中不乏真知灼见

乃至神来之言

但让我真正感到

他能写好《李白》

这部长篇小说

关键之处在于

他还谈到了一些

包括自己在内的

当代人和当代事

用于解读李白

二月二

头发还不长

我就不理了

就算头发长

我也不用理

对于一个脑袋

从来都是

高昂着的主儿

我就不用

凑龙抬头

这个热闹了

在良子足浴

女技师告诉我她离婚了

并主动告知了我原因：

"哪个丈夫能容忍自己的老婆

一天到晚去摸别的男人呢"

本来我想安慰一下她

还准备了不错的说辞：

"任何劳动都是值得尊重的"

但直到服务结束

我都没能说出口

真相

隔三岔五
我妈就会送来
她和父亲
辛苦弄出来的
小时候我喜欢
吃的食物
她不知道的是
我已不爱吃
但从来也没有
告诉过她
这个真相
我宁可它坏掉
然后丢掉

文化的好处

吃芦蒿的时候

我讲到蒌蒿

讲到河豚

讲到苏轼

讲到黄州

讲到东坡肉

这顿饭

儿子吃了不少

以前不爱吃的

富含维生素的芦蒿

高昌古城

我是这么记住

高昌古城的：

一个在那里玩的

当地小孩指着

在残垣断壁间

飞动的唯一活物

也就是麻雀

告诉我说：

"吃了这东西

干那事可厉害了"

他可能觉得

我没有听明白

还以拳敲击

另一只手掌

达数十次之多

感动

诗人湘莲子

给我发来一篇

针对痛风患者

饮食注意

事项的推文

令我感动不已

尽管我有病

但不是这个病

暂时还用不上

在大学食堂

三十年过去了

食堂已不是

原来的食堂

但还在原来的位置

坐在那里吃饭

我以为会流泪

至少会伤感

结果一个都没有发生

唯一的感受是

饭菜有点难以下咽

我没吃完

强壮的鱼

鱼缸里

那条最强壮的鱼

其实没占到便宜

因为护食

吃饭的过程中

心一直用在

驱赶别的鱼身上

自己不但没吃几口

还耗费了不少体力

针灸

我坚持只做按摩

不扎针灸

但最终因为

丁大夫的一句话：

"你儿子都敢

你怕什么"

放弃了抵抗

我是想体验一下

针灸扎进肉

到底能疼到

什么程度

七里香

看见留校任教的同学

在朋友圈里晒出母校

盛开的七里香的一刻

八百公里之外的我

立马闻到独特的花香

打三十年前传来

看电影

在一部日本电影里

当听到一个女孩

带着炫耀的成分

对另一个女孩说：

"昨晚我跟他睡了

他对我还是处女

一点儿也不在意"

让我的大脑

在一秒钟之内

连转了好几道弯

还是不明其意

考虑到女孩是笑着说的

我不得不做如下理解：

本来男人应该是在意的

但是他没有在意

一路分析下来

我就更不明白了

不要着急

有八十多种文字译本

全球销量达几千万册

欧文·斯通写的《凡·高传》

在脱稿之后的三年中

曾被十七家出版社拒绝

理由如出一辙:

"你怎么可以要求我们

让处于萧条时期的公众

接受这么一位

默默无闻的荷兰画家呢"

其时离凡·高去世

已经四十多年

辑二

得意之作

记事

他出事前

找我出一本书

当我说出六万的价格

他露出吃惊的表情：

"这么贵

现在有规定

不能让企业赞助"

我咬了咬牙：

"那就减上一万"

一晃他进去半年了

尽管尚未宣判

但听说贪污的金额

在八位数以上

垃圾桶

院子里一用

就十几年的垃圾箱

升级为分类垃圾桶

臭味没有了

自然是好事

不过有一晚散步

途经那里

看见两只觅食的猫

上蹿下跳

就是无法顺利

找到食物

才改变了看法

时间

没有提奥
就没有凡 · 高
在他们生前

没有凡 · 高
就没有提奥
在他们死后

意见

这部电视剧太假
只说一个细节：
一群人吃了残留着
农药的蔬菜
集体拉肚子
这怎么可能呢
我们每天不知道
要吃多少残留着
农药的蔬菜
可能还有比农药
毒性更大的其他
说不清楚的东西
早就练就了一个
金刚不坏之胃了
希望导演明察
并予以改正

看病

张大夫刚刚给我

讲完饮酒的危害

兴冲冲推门而入的

另一个大夫对他说：

"刘冰他们来了

今晚咱们攒一个饭局"

张大夫一改沉稳

也变得兴冲冲地说：

"好啊，不醉不归"

全然忘了我

这个病人的存在

打的的时候被打脸

时间紧张

我冲进路边停着的

一辆出租车

司机告诉我等一会儿

上一位乘客

去手机城里拿车费

我等得不耐烦说：

"不会不回来了吧"

"才十几块钱

不至于吧"

"十有八九跑了"

正说话间

一个男人拉着

一个女人过来

女人用手机扫了

车里的付款码

男人在旁边说：

"你给他付 15 元"

我看了一下计价器

显示的是 14.20 元

唐朝好

仅从下面这一点

即可得见：

在《古今图书集成》

所列烈女节妇中

宋代有 267 人

明代达到 36 000 人

而唐代只有 51 人

但也不够好

一个都没有

才是最好

博士

有唱歌的

有吟诗的

轮到她时

她说：

"我给大家

讲讲明星绯闻"

于是乎

我彻底领教了

博士的厉害

条分缕析

头头是道

仿佛她就是

明星的保姆

一天到晚

在人家床边晃悠

令我这个学士

两股战战

自惭形秽

自叹弗如

好想找个地缝

钻进去

看好青年

经常给我按摩的丁大夫

请假回甘肃老家收麦子去了

给我按过几次的马大夫

正在一个胖子身上忙活

只好退而求其次让比我儿子

还小一岁的王大夫按摩

万万没想到的是这成了

自我断断续续进行按摩

两个月以来效果最好的一次

以至于走出诊所站在台阶上

我扇动双臂差点儿飞下去

忧虑

单位的两个年轻人

相继辞职了

他们的理由如出一辙：

"出版工作压力太大

精神和身体都顶不住

想休息一阵子"

可他们却分别在

离开我们单位

不到半个月的时间

出现在另一家

出版社的座位上

我不知道他们为什么

不能说一句实话

当然对于他们来说

这可能不是问题

言不由衷

其实我不疼

但在按摩过程中

技师每问我一次

我就说"疼"

为了强化效果

还会偶尔发出

虚假的呻吟之声

如果不这么做

我非常担心

技师累死

高兴

尽管早上得知

昨晚的欧洲杯

英格兰对意大利的决赛

结果跟我预测的不一样

但还是挺高兴的

是突然想起临睡前

看见朋友圈里穷小子

山东诗人高歌

赌球买了意大利赢

之后高兴起来的

忧虑

在济南登机过程中

一个眼睛一直盯在手机上

一看就是 90 后的小伙子

接了一个他妈的电话

不慎被我听到

倒也没有什么秘密

我感兴趣的也只有一句

在其女友的提醒下

他才对他妈讲准确

目的地是西宁而非兰州

如此潇洒

让我羡慕

但也不无忧虑

我想我要是他妈得急死

故乡

父母回东北老家了

他们已有八年

没回东北老家了

我想知道

他们在那里的情况

可是从昨天下午

到今天上午

我打了三次电话

都没接也没回

不过我并不着急

我知道仅仅是

没空搭理

我这个儿子

晚上我妈打来电话

果然证实了

我的揣测没错

消息

老龙从可可西里

回到西宁

带给我一个消息：

"动物明显增多了"

令我欣喜

还带来另一个消息：

"动物不怕人了"

又让人恐惧

邋遢

我不邋遢

自从得知

对门的老太太

要纸壳箱之后

才放弃了及时

把垃圾里的

纸壳箱运走

而堆在家门口

变得邋遢起来的

永恒

永恒是存在的

比如青椒炒土豆片

再配一点儿瘦肉

是我少年时代

最爱吃的一道菜

多年未吃

猛然想起

炒了一个

尽管不敢多吃

但还是发现

仍然可以成为

我的最爱

青海湖

水位逐年上升

草原越来越绿

湟鱼成群结伙

海鸥云集岸边

接受人喂食物

都说青海湖的

生态环境变好了

我却不以为然

尤其昨天在那里

看到淹死的

两棵杨树之后

得意之作

昨天在青海湖畔

我以身试法

诱使一个小孩

用舌尖品尝了

一下湖水

以证明这里的水

的确是咸的

我将此一行为

视为得意之作

按摩店

安泰步行街里

有好几家按摩店

我最中意的

是一对盲人夫妻

充当技师的那家

他们有一个女儿

七八岁的样子

大眼睛毛咕噜嘟

贼好看

想念

因为一件事

想起一个人

可怎么也想不起

他的名字

于是他成了

这几天我想的

最多的人

一个连名字

都忘记的人

大雨

抵达玉树的当晚

下了一场大雨

当地朋友说

我们这里很久没有

下过这么大的雨了

一定是你们带来的

虽然我知道

我们没有那个能耐

但我无法证明这一点

就什么都没说

遭遇

在嘉那玛尼

世界上最大的

石经墙所在地

山雨欲来的傍晚

转经的人群中

有很多人喊着

并追着我要钱

到此一游的人

都会遭遇此事

但写到诗中

我还没有见过

艺术家

艺术家应该是

什么样子的

是不久前在海北

王洛宾纪念馆里

突然想到的

在听导游讲解

《大豆谣》创作时

王洛宾在兰州监狱

食不果腹的情况下

拿出一部分食物

请当地人唱民歌

自己作记录之后

孩

身为居委会前主任

我妈的文化程度不高

身为几十年的老党员

我妈的政治觉悟不强

昨天在晚饭桌上

又一次证实了这一点

当我告诉她我的一个

她也认识的发小

因巨额贪污事发自裁了

她发出一声长长的"孩"

这个字在她的字库里

通常是用来表示

心疼和可怜的

在玉树

我不信佛

但是能与活佛共餐

而且同时与三位

活佛共餐

还是三生有幸

令人愉快

他们虽然不喝酒

但都是很有礼貌的人

在通天河畔

看着浑黄的河水

我不无忧虑地想

天上也不干净了

神山圣湖

在藏区旅行

对碰到的山

都被称为神山

对遇见的湖

都被叫作圣湖

我并不吃惊

也没有异议

在它们面前

我老是觉得

双膝发软

想跪下去

湖

在玉树的饭桌上

文扎告诉我

西藏有一个湖

只要有一点悟性

就可以从中看到

自己的前世今生

以及未来的命运

我问了湖的名字

并把它记录在

手机的备忘录里

可是第二天

就删掉了

并且暗自决定

此生坚决不去

也不告诉别人

这个湖叫什么

具体在哪里

桃子

晚饭后

我去买牛奶

路过水果店

看见桃子不错

就买了几个

回到家才发现

忘了买牛奶

不过这已经

不是什么事了

我吃到了今年

甚至是近几年

最好的桃子

垃圾

那年从敦煌出发

翻过当金山

进入柴达木盆地

在无边的戈壁中

我看见一堆垃圾

尽管很快就知道

它是人类建造的

一座公共厕所

仍然没有改变

第一眼的看法

刀

谁说刀

一定要锋利了

才好呢

刚才削梨

多亏使用的是

一把钝刀

如果刀快

半个指头

就报销了

给痛失父亲的吾兄伊沙

我从来都认为

最好的死亡

是突然发生的

也是可恶的死神

能给临终之人

最大的关照

令尊得到了

他的眷顾

反正二十年前

世界上最爱我者

奶奶在睡梦中

溘然长逝时

我就是这么想的

并获得不少安慰

恶毒

请容许我

恶毒一下

这个贪官

死有余辜

罪有应得

他贪污两千万

每个月只给

在农村的母亲

两百块钱

生活费

释然

早晨洗脸

闻到手上

有一股鱼腥味

不免暗自纳闷

近几天我没做鱼

也未吃鱼

后来依稀想起

昨夜梦中抓鱼

在故乡的

那条小河沟里

叹息

我还记得他

在一个饭局上

借助半斤白酒

激情澎湃地说：

"时间终会证明

我是伟大的"

可是离他故去

才仅仅三年时间

就很难在纸面

或者网络上

见到他的名字了

偶尔有人提起

说的也是他

不够检点的私生活

这档子烂事

毕业论文

我花费了三个月

五易其稿

写了三十页纸

一万多字的毕业论文

获得一个良好

我为陈锋代笔

用了一个晚上

一气呵成

三千字的毕业论文

得到的是优秀

黄金时代

作为诗人

我必须再次指出

二十世纪八十年代

是黄金时代

至少是文学的

黄金时代

找对象

在报纸上

刊登征婚启事

都要加一句：

"热爱文学"

这样的表述

哀叹

诗人

喜欢自作多情

老拿自己当医生

实际情况是

不但救不了人

弄不好还会

把自个儿搭进去

惊吓

晚饭后

出去转了一圈

回来坐在小花园的

一棵槐树下

翻看手机

被一片飘落下来的树叶

吓了一跳

在五十岁的一个秋夜

这样的事情

以前从未发生过

魔鬼刀

买回魔鬼刀的当晚

儿子一脸慌张

从书房里冲出来说：

"把魔鬼刀捞出来

否则明天鱼缸里的鱼

会死掉一大片"

他还告诉我

魔鬼刀专吃其他鱼的眼睛

我不以为然

第二天果然出现死鱼

是两条魔鬼刀里的一条

我不但没有难过

相反还一阵窃喜

对于将网络视为上帝的儿子

这是一个教育

遗憾

刘哲从非洲草原回来
在为其洗尘的酒桌上
他对大家如是说道：
"这几万块钱算是白花了
连一次猎杀都没看见"

辑三

多年以后

诗人

我看见一个

遗世独立的诗人

孤独得不得了

至少从他的诗里看

是这么回事

我替他捏了一把汗

幸好我还瞄到了

他的简介里有

刘丽安诗歌奖

柔刚诗歌奖

宇龙诗歌奖

十大新锐诗人奖

华语传媒诗人奖

骆一禾诗歌奖

袁可嘉诗歌奖

这些荣誉显示

才稍稍放下心来

我已不认识那个青年

刚参加工作那年

过年的时候

办公室里的老陈

请同事去他家吃饭

在老陈家大门口

王主任从小卖店里

买了两瓶青稞酒

令我大惑不解

还曾如是发问：

"老陈请我们喝酒

你提着酒干什么"

月偏食

看月偏食的夜晚

突然意识到自己

也出现了月偏食

并且已有很多年

只不过月偏食

是地球挡住了

月亮造成的

而我想破脑袋

也找不出来

自己是被什么挡住了

一个小时

做无痛胃加肠
也就是打麻药
待再次睁开眼睛
我还以为没有
正式开始进行呢
其实已经结束
时间过去一小时
我丢失了生命中的
一个小时
这本来没什么
如果不是肛门
隐隐作痛
这一个小时
完全可以忽略不计

致歉

肚皮兄

真是对不起

由于我的原因

三年来

让你挨了一千多针

受了大苦

我跟医生商量

暂时不打了

从今天开始

换成药片

出主意

资金有限

在买房还是

自费出书问题上

她前来征求

我这个编辑的意见

我想都没想

就严肃地告诉她：

"你就是给再多钱

也休想在我这里

拿到书号"

意外

一对年轻的父母

和他们的孩子

走在我前面

孩子跑动起来

父亲对母亲说：

"咱们吓吓他"

于是双双躲在

公交车站站牌后面

孩子回过头来

没有看见他的父母

但是也没有跑回来

进行寻找

而是嗷的一声

朝前跑去

而且越跑越快

转眼跑出了我的视线

压力

父母每次来

都给我造成

巨大的压力

他们携带的东西

主要以食物为主

冰箱里放不下

我也根本吃不完

但我也得坦白

这种压力

是我愿意承受的

在路上

前面的哈弗

一路都磨磨叽叽

我和司机都不免

嘟嘟囔囔

这个破国产车

被我俩骂了一路

好不容易超过去

发现问题不在它

出在它前面的

一辆宝马车身上

哪有那么多来日方长

有一年夏天
唐欣来青海
与他们学校的
老师和学生
给龙羊峡旅游公司
进行营销策划
一住就是一星期
末了我俩在西宁
匆匆相见
席间他说：
"如果合作顺利
每年我都会过来"
言外之意
每年我俩都会
在青海一聚

而后他再未来过

即便他们学校

与龙羊峡还能够

再续前缘

他也不大可能

利用这种机会

出现在青海了

翻过年他就要

步入退休生活

在医院陪床

几十年后

我又和我妈

躺在一起睡觉

（尽管分属两张床

但是紧挨着）

由此我发现了

我与我妈的角色

发生了互换

我变成了妈妈

她变成了孩子

我是在听着她

发出轻微的鼾声后

才渐渐入睡的

评理

青海百货大楼门口

一个拉架子车

卖西红柿的妇女

和一个保安

干起来了

但都还算理智

没有大打出手

各自摆出理由

让围观群众评理

妇女说：

"这里人流量大

我不在这里卖

就卖不掉

你让我怎么活"

保安说：

"你在这里卖

我装作没看见

我就得被炒掉

你让我怎么活"

我没有近前参加到

七嘴八舌的行列

而是转头离开

我被难住了

这理我不知道

该怎么评

放心

我妈摔倒了

不幸中的万幸是

没有伤到大骨头

只摔破了眼角

缝了几十针

我妈沮丧地说：

"还不如一下子

摔死算了"

说了好几次

让我不得安生

彻底放下心来

是在住院两天后

我听到她向大夫

提出拍个片子

看看肺部有没有

什么问题之后

别抱怨

我的一个作家朋友

兼某文学杂志主编

喜欢抱怨

发泄一下情绪

前任领导理解

继任的领导

又是另一种风格

他没弄清

仍然用对前任领导的

方式行事：

"刊物不好编

也耽误自己的写作"

继任领导说：

"那好吧

你去专心写作吧

主编就不用当了"

其实这根本不是

我这个朋友的意思

但也只能照办

笑

过去本省有一个十分偏远

且极度缺碘的村子

所有村民都患有大脖子病

但他们不知道这是病

反而认为初入村子的工作组

几个细脖子的人有病

并遭到他们疯狂的嘲笑

作为当年工作组的一分子

已至古稀之年的老王

在饭桌上讲起这件陈年往事

让在座者狂笑不止

我也笑了但很快停了下来

低头在手机上写下该诗

多年以后

多年前话不投机

半句多的两个人

虽然同居一城

但多年来素无

往来的两个人

任其中任何一方

都万万没有料到

多年之后再聚首

居然有了共同话题

还聊得热火朝天

这就是昨天晚上

我在一个饭局上

偶遇也患了糖尿病的

一个高中同学的经历

神父

巴托洛梅·德拉斯萨斯神父

十分怜悯那些在安的列斯群岛

金矿里过着非人生活的印第安人

他向西班牙国王卡洛斯五世建议

运黑人顶替这些可怜的印第安人

以上是我在博尔赫斯一篇小说中

读到的一个非常迷人的情节

作为诗人如果我不把它改造成诗

而且不冠之以《神父》这个题目

我觉得今天晚上无论如何都睡不着

橘子

我把从青海

带来的橘子

分给广州的

出租司机吃

他赞叹太甜了

还说从来

也没有吃过

这么甜的橘子

我告诉他

这个橘子

可能就来自

你们这里

绿

不是感觉

是离开南宁前夜

我洗完澡

从镜子里看到的

在两广行走几日

我的眼睛都绿了

新桥饭店

杭州人的

服务意识太好了

宾馆服务员

将我掉在地上

使用过的眼贴

又整整齐齐地

放在床头柜上

访陆游不遇

朋友说

这里不是陆游

当年住的地方

他只是在

孩儿巷住过

我未置可否

但还是笑了

心想：

你说了不算

我说是

它就是

尽管因为下班

时间已到

陆游闭门谢客

我没进去

只在大门外

照了一张相

劝

西村欲提前退休

写一部大作

我听了自然高兴

为老朋友

但是劝他

不要等到退休

现在就写

明天就写

眼镜

在杭州

见到多年

未见的一边

还戴着眼镜

只不过

只见镜框

没有镜片

烟民更有痛恨新冠的理由

从杭州回西宁

飞机经停郑州

当我兴冲冲地

奔赴候机大厅

被保洁员告知

由于疫情原因

吸烟室取消了

能不忆江南

居杭五日

回到青海

上秤一称

照比平时

重了两斤

从酒吧里听来的诗

五十岁左右

样子疲惫的女人说：

"当初选择的时候

我是认真权衡过的

觉得你不靠谱

他比你稳当一些

结果他也太稳当了

现在一句话都没有

看来我错了"

五十岁左右

样子也疲惫的男人说：

"你没有错

如果那时你选了我

可能到现在

不但一句话都没有

连婚都离了"

女人说："你的意思是

我怎么选择都是错的"

男的说："我拿不准

但有一点可以肯定

你的选择不是最坏的

说不定还是最好的"

我很欣赏那个男人

在我起身离开的时候

还深深地看了他一眼

竟意外地发现

也有一头卷发

长得有点儿像我

谁说写诗无用

西安朱剑给我寄过几次猕猴桃

绵阳莫高给我寄过一箱猕猴桃

浙江起子给我寄过两次黄桃

上海摆丢给我寄过一箱榕江脐橙

福建游连斌给我寄过两箱

之前连听都没听说过的糯米薯

云南刘德稳给我寄过干蕨菜

肯定还有很多我一时想不起来的

给我寄过其他土特产的朋友

如果我不写诗无论如何

也收不到这些诗人的礼物

位置

多年前

在天津

徐江对我的形象

有过一句酷评:

"像乡镇企业的

一个推销员"

当时我嘴上没说

但心里老大不乐意

多年后想起此事

才彻底服了

不能不说

他生就慧眼

一下子就洞穿了

我作为诗人

所处的位置

过去的位置

现在的位置

将来的位置

我引以为豪的位置

在人民中间

老黄的老婆来电话了

打的是我办公室的座机

我不知道她是怎么得到

这个电话号码的

她强调老黄说什么

也不告诉她我的联系方式

她说老黄没什么朋友

我是他很少的朋友之一

他在她面前经常提及我

她要替老黄感谢一下我

她说她年底就要退休

然后去南宁与老黄会合

再也不回青海了

她说她在1路车终点站

开了一家花店

要送给我一盆花作为纪念

这就不能不令我感动了

并一拍桌子答应了她

一定会尽快前来取花

但我没有告诉她

不是为了自己而是为了老黄

压力山大

昨天晚上听说

经常在我面前

抱怨生活压力山大

每个月的工资

都用来还房贷的

那个独身女人

拥有两套房子

一套还是别墅

这不会有假

说这事的人

是她的闺密

关系不是一般好

绝非抱怨

博尔赫斯

在布依诺斯艾利斯

图书馆工作的时候

他的很多同事

并不知道自己身边

生活着一个大作家

甚至有些人都不知道

这个视力不好的家伙

还能写点儿东西

对不起

我联想到了自己

自我批评

昨天晚上

与跟 123456789

打交道的同事小聚

令我没想到的是

他们对我诗作的

熟悉程度和理解

不是一点半点

甚至都不比

专业的诗友差

说实话过去

在诗歌审美方面

我的确存在瞧不起

人民群众的问题

自作多情

夜晚散步回来

远远地看见

两个年轻人

在楼梯口拥吻

我没有继续前行

而是躲在一棵

老槐树的后面

自然不是为了偷窥

而是怕打搅了

他们的好事

这下可好了

一待就是抽掉

两根香烟的时间

天气寒冷

冻得够呛

好在有一个老头

估计眼神不咋地

一头撞了上去

直到我也沿着

老头开辟的道路

途经他们身边

也未见其分开

像被苹果砸到的

英国人牛顿那样

才彻底回过味来

原来是我想多了

他们不怕人

尊敬

在一场战斗中

其中一方

面临全军

覆灭的危机时刻

将军下令

向敌人缴械投降

集体成为战俘

战争结束之后

他被他的国家

视为英雄

并受到表彰

理由是不惜

牺牲个人荣誉

挽救了一万

多名大兵的生命

令我大为震动

我就不说这是

哪个国家了

反正不管是

哪个国家

都会受到

我的尊敬

2022 年的第一场雪

我不知道

能不能预示

今年是个丰收年

但可以肯定的是

最近几天的 4S 店

是能够丰收的

从早上上班途中

在短短的一截路上

就看见好几起车祸

可以进一步推断

还是大丰收

转悲为喜

刚查出糖尿病那会儿

我背负上沉重的心理压力

在暗地里还掉过几颗猫豆

这样的状态持续了三个月

转机出现在复查结果出来后

倒不是恢复得有多理想

而是在与医生交流过程中

意外地从他嘴里获知此病

具有的一个明显特点

让我获得了巨大的安慰

"父亲传女儿母亲传儿子"

二踢脚

从小到大

我放过不少二踢脚

可是能记住的

只有小时候的

两个二踢脚

来自我的八爷

纯手工制作

一绿一红

比一般二踢脚大

从大年三十得到

爱不释手

放在棉袄兜里

揣到正月十五

它们在夜晚

通亮的冰面上

只冒出了两股白烟

一个都没响

怒挣

靠着从人贩子

手里买媳妇

延续香火的村庄

消亡就消亡了吧

除了徒增罪恶

白白浪费地球

有限的资源

一点儿卵用都没有

读史

尽管这无法证明

但我还是坚持认为

如果宋徽宗像接受

《千里江山图》那样

接受了《千里饿殍图》

不杀作者王希孟

而是予以嘉奖并通告天下

他的大好山河就不会

在短短的十三年之后

被金兵践踏摧残

自己也不会那么快

成为北寒之地的阶下囚

甚至终其一生

都不会成为阶下囚

岁月静好

我的朋友圈

由诗人和非诗人

等一千多人构成

我渐渐地发现

只要屏蔽掉诗人

岁月就是静好的

当然不是所有诗人

只需要屏蔽他们

其中的一小撮

即可得到

今天我真的害怕了

看了一部残酷的影片

又看了一篇

这个导演的访谈

他说:"由于各种原因

我在电影里拍出来的

不及现实中存在的

十分之一"

悲哀与欣慰

我悲哀地发现

指鹿为马还在上演

但也欣慰地看到

已经没几个人好骗

不管高声还是低语

抑或顾左右而言他

大家都敢于说出来

态度

A 给我打电话

说 B 写了一首

观点错误的诗

当他得知

我看过这首诗

并且还表现出

一副不以为然的样子

A 愤怒了

声言从此看不起 B

还声称与我绝交

我未做挽留

对于失去这样的朋友

我不认为

有什么可惜

羞愧

一场战争

将李白卷入其中

差点儿要了他的老命

在一片喊杀声中

杜甫并没有因为

李白所处的政治阵营

是自己反对的

作为判断是非的标准

对他大加同情

写诗呼吁

释放李白

不长眼睛的人

都看得出来

对友谊的这种态度

搁到千年后的今天

也足以令人羞愧

至少我羞愧了

震惊

多年以后我才知道

为了在各自单位

都能分到一套房子

以假离婚方式

办理了离婚手续的

那两口子

（女方是我们单位的）

的确如愿以偿

但再没能复婚

好感

白居易

从忠州刺史位

调回长安后

有一段时间

由于官阶

下降的原因

不能穿绯衣

只能着青衫

耿耿于怀

写了好几首诗

加以抱怨

真是够俗的啊

但也因此

让我对他产生了

进一步的好感

诗有自己的道理

生逢安史之乱

杜甫忧国忧民

大写特写

社会的惨状

成为大师

王维冲淡闲散

作视而不见状

也成了大师

羡慕唐人

仿若同志关系的

元白情谊

路人皆知

元稹之死敌

裴度、令狐楚

李逢吉、牛僧孺

这些人中翘楚

又怎会不知

但并没有影响到

他们对白居易

一往情深

照顾有加

恐怕不仅仅是

后者会做人

这么简单吧

清明前夕

我妈发来语音

语气严厉地

告诫我明天

吃罢晚饭后

不要出门散步

尽管她没有明说

接下来的意思

我怎么能不知道

但并不以为然

老太太有所不知

我每天打交道的

人里就有一部分

她指的那种东西

已经习惯了

没什么好怕的

希望

在一段视频里

我看见一头

没有犄角的牦牛

与一头犄角

硕大的牦牛干架

居然还略占上风

令我乐不可支

可惜的是

只是一小段视频

看不到结果

但我希望没有

犄角的牦牛

取得最终胜利

怅然若失

分别的时候

你给了我

写有电话

号码的纸条

醒来之后

我还能

清晰地记得

就放在了

上衣右侧的

口袋里面

哀

多年以后我才知道

在纺织品大楼火灾中

丧生的那个人

是一名清洁工

他原本已经逃出来了

为了取回放在休息室的

刚刚发放的 500 元工资

返身投入火海

这个世界

下在立夏前夕的
一场暴风雪
被我拍成视频
发到朋友圈
有人留言说：
"这个世界乱了"
其实没有乱
或者可以说
一直都是乱的
在我身处的高原
几乎每年都这样
只是之前
我没有拍视频
发朋友圈

这样一个人

在其晚年

把心爱的别墅

给皇帝捐了

建成寺院

把赖以为生的

职田生产的粮食

准备熬成粥

给灾民们吃

尽管皇帝没允许

把自己的官职

还给了皇帝

只求把弟弟

从四川调回长安

兄弟能够相聚

活得这么明白的人

即便不是写出

"行到水穷处

坐看云起时"的

我的大师王维

我照样喜欢

并且尊重

疫中母亲节

突然想起

早年看到的

发生在"文革"时期

儿子举报母亲

致使母亲被枪毙

的那个故事

全天下的儿女

都应该看看

这个故事

你只要动动手指

就能在网上

找到这个故事

很容易

诗人自有使命

后世之人对杜牧

面对甘露之变

采用躲避、沉默

不予置评的态度

多有诟病

跟今天一样一样的

但我更想说的是

如果他跳将出来

跟没有后代不计后果

心狠手辣的宦官对着干

我们看到的杜牧

可能就是半个杜牧了

甚至压根都不知道

有这样一个诗人存在

美味

在我家院子里

有不少标识鲜明的

鼠药投放点

每次看到它们

我都会想

对老鼠而言

这一定是美味

尽管吃完

就不美了

进而想到

对人来说

是不是也存在

这样的美味

而我们并不知道

在吃下之后

毒发之前

辑
四

———————————

搭
错
梯

借钱

多年以前

有一个山东朋友

买房子还缺一点儿

打电话朝我借钱

我在电话这头说:

"我也刚买了一套

每个月都在还贷"

想来电话那头的他

一定听出我在撒谎

以至于从此以后

有相当一段时间

没有主动联系我

我也从未怪过他

因为连我自己都能

清楚地感觉到

自个儿在电话里

吭吭哧哧语不成句

充满撒谎的嫌疑

虽然真实的情况是

我就是想帮助他

也没有钱

爱你在心口难开

我爱父亲

我是知道的

但这么多年

我从来没有

当面告诉过他

即便有几次

我都鼓起了勇气

想要告诉他了

但每次都在即将

开口说话的一刻

突然想到

这么做的后果

会令他无所适从

非常尴尬

而只能作罢

讲真话岂是那么容易

我向一个人约稿

他给我发来

比我要求的

多得多的作品

我勉强选了一首

并且通知他

他不依不饶地追问：

"能否对我写的诗

给一两句真话"

真话是"你别写了"

但打死我也说不出口

只能用一句假话代替

幻觉

打针的时候

父亲躺在病床上

睡着了

发出轻微的鼾声

我坐在板凳上

拨拉手机

过一会儿就抬头

看一眼点滴

在这个过程中

我出现了

好几次幻觉

虽然我也清楚

这是幻觉

但又止不住

信以为真

流进父亲

身体里的液体

也在一滴一滴

流进我的身体

出乎意料

昨天下午

有一个人

从安泰的一个

十四楼的窗口

一跃而下

我没有看见

我经过那里的时候

人已经走了

但还是能感觉到

那种自由落体

产生的冲击力

何其的巨大

把小超市的门脸

彻底毁容

我向站在理发店

门口的一个家伙

打听情况

出乎意料的是

他除了说：

"有些器官没了

人还能在地上打滚"

还笑着补充说：

"这小子吃得挺胖"

命根子

粉刷书房

把书都得搬出来

堆在客厅

形成一个大书堆

抹灰工说：

"卖了得了

怪碍事的"

估计他没有

听清我的回答：

"这是我几十年

积累下来的

是我的命根子"

他自说自话：

"卖个 500 元钱

应该问题不大"

惊闻诗人肖黛在成都去世

尽管我知道

她患癌几年

化疗多次

但还是没有想到

说走就走了

去年年根的时候

尚在一起吃饭

相谈甚欢

前不久还见她

在朋友圈发美食

以及花朵的照片

这么乐观的一个人

老天爷也未另眼相待

生出恻隐之心

让她在世上多玩几天

虽然这块地方

越来越不好玩了

乞丐

晚饭后散步途中

我看见一个

乞丐模样的老头

拦住一个小伙说：

"我还没吃饭

给一碗面钱吧"

得了十块钱的老头

如法炮制

很快又拦下一位大叔

这次大叔没给钱

而是领着老头

走进一家陕西面馆

我有点儿着急

意欲上前阻拦

但最终只是匆匆走开

我是担心老头

在此之前被某位大叔

领进过饭馆

藜麦

我给一个朋友

寄了一些藜麦

并通过微信告诉他：

"天然绿色食品"

还跟他开玩笑说：

"有壮阳的功效

据说一粒麦米

可以生一颗精子"

说完也就完了

没想到过了不久

他发微信给我

表示还要

偷

在晚饭桌上

说起我小时候

偶尔会从父母钱包里

偷钱的往事

我对儿子说：

"在这一点上

你可比老爸强多了"

小子并不接受表扬

不过也是实事求是：

"我从来也不缺钱

为什么要偷呢"

随和的人

请一个朋友吃饭

他问我还有谁

我说都是随和的人

事实也的确如此

唯一美中不足的

从那晚的表现来看

只有他不是随和的人

恐怖的夏天

极端天气肆虐

欧洲干旱少雨

多瑙河水位

大幅下降

露出几十艘

当年被击沉的

纳粹战舰

不知道别人

睹之如何

反正吓我一哆嗦

鬼

几个小小孩

在楼下的花园里

玩嗨了

每走过一个大人

他们就指着他（她）

集体大喊："鬼"

然后作恐惧状

四下逃窜

看得我哈哈大笑

直到我扔掉烟头

走过去

他们又重复了一遍

上述做法

才笑不出来

欣慰

25 岁的儿子

还能够接受

我吃不完的剩饭

而在他这个年纪

别说我接受不了

父亲的剩饭

就是母亲的剩饭

我也不吃

陶氏汤包

堂食恢复那天

我走过陶氏汤包

发现大门紧闭

我的第一反应是

这是开不下去了

直到走近看清

门上贴着的大字：

"家有喜事

暂停营业"

缺点

陶渊明在其时代
以及身后很长一段时间
没有得到重视的原因是
一反晋代诗歌潮流
作品存在没有华美辞藻
内容过于直白的缺点
后来他成为一代大师
也是因为这些缺点

搭错梯

我把下行扶梯

当成了上行扶梯

跑到一半

才发现这个问题

已经很多年了

因为这样的经历

只发生在我身上一次

所以我还清晰地记得

是在父亲刚查出

直肠癌的那天上午

在医院里

对话

"把臭狗屎
当香饽饽的事情
怎么越来越多"

"你也不看看
这是什么地方
全是苍蝇"

对门

我是在看见对门

贴着的封条的同时

才第一次注意到

他家的对联内容

首先映入眼帘的是

"盛世"二字

认尿

我还是第一次

因为认尿

而未感羞耻

在一间小黑屋

讨论如何杀掉

一个人的过程中

我借上厕所之机

溜之大吉

在昨夜的梦里

尽管那是个坏人

也的确该死

好作家

"我从来没有想过
我是一个女性作家
我只是一个写作者
有些女人的故事
与男人的有所不同"

虽然我没有读过
安妮·埃尔诺的书
但通过她的这段话
我也能够判断出
她是一个好作家

拔牙

"我去医院拔牙

从检查到拔掉

进行得很顺利

美中不足的是

拔掉的是疼牙旁边

不疼的那一颗"

不知道为什么

最近我老想起

老党多年前

给我讲过的

发生在他身上

的这个故事

对话

"你听不懂鸟语

鸟鸣就不好听了吗"

"如果你承认

自己是一只鸟

我才会考虑

回答你的问题"

打羽毛球

女孩每打不到球

就大声责怪男孩

球打得不好：

"你是大笨蛋"

即便男孩每次

都努力按照方便女孩

接球的方式回球

也无济于事

看得我哈哈大笑

但很快就笑不出来了

是因为想起某些人

其中就有我的一个

人生很不如意的朋友

在生活中的表现

跟这一样一样的

我说明白了吗

你一定要知道

在你的眼中

正确的立场观点

在另一个人那里

可能是错误的东西

反过来也是这样

此乃正常不过的事

为此而耿耿于怀者

不是笨蛋就是傻瓜

反正这样的家伙

我是坚决不做的

世界杯侧记

我刚打开电视
荷兰就进球了

我不开电视
球就不进了吗

我不知道
也不关心

这么问自己
已挺有意思

楼下人

每晚临睡前

我都会坐在床上搓脚心

由于床的质量一般

会发出比较丰富的声响

估计让楼下的人

产生了不少错误的联想

作为别人的楼下人

我突然不敢肯定

过去听到的楼上的声音

都是自己以为的那样

安慰

二十世纪五六十年代

面对北京城

一座座古牌楼

一排排古城墙

在机器的轰鸣声中

纷纷倒掉灰飞烟灭

古建筑学家梁思成

最后只能无奈地说：

"还好徽因没看到"

自我安慰的效果

应该还可以

对话

"天太冷了

我呼吁

最近一段时间

大家克服一下

不要点外卖

让骑手歇一歇"

"你就闭嘴吧

你的善心

会害死更多人"

教育

我最近两年

认识的几个

藏族年轻人里

没有抽烟的

也没有喝酒的

经过对其中

两个人的

询问得知

与活佛有关

他们在小时候

都被活佛告知

烟和酒

不是好东西

石藏丹霞

对于无信者

一定觉得

石藏丹霞

是格萨尔王

用大斧劈出来的

这种说法

荒唐透顶

我是无信者

我的认知

只能抵达

这个层面

我不能保证

自己就是对的

伞

在果洛

遮阳效果

最明显的

是云朵

这把大伞

甘德

这里的父老乡亲

围坐在枝叶

稀疏的假树

形成的阴影里纳凉

有说有笑

照样是愉快的

麻雀

甘德的麻雀

傻不拉叽的

我是在一个

屋檐下乘凉

抬头看见伸手

就能够到的

一个麻雀窝时

意识到的

想象抵达不了现场

如果我没有抵达甘德

没有在主人的陪同下

参观德尔文格萨尔史诗文化村

我就永远不可能知道

在海拔 4000 米的雪域高原

孩子们也是可以在户外游泳的

为了证实索南多杰局长所言不虚

我将手伸入一个人工池塘之中

反复试探了一支烟的工夫

诗人

在向阿尼玛卿进发

其实只是途经过程中

我拍了不少雪山的照片

跟我同级别的一个领导

也拍了很多

不过他对我说：

"你可以发朋友圈

我不行

你还有诗人的身份"

果洛行

从果洛回来

在镜子里

我发现自己

晒黑了

但并不奇怪

到太阳的故乡

走上一遭

不如此

就不正常了

抱怨

"路况好的路段

没完没了地限速

而且越限越低

路况差的路段

就像这段波浪路

倒是没有限速标志

但想跑也不敢跑呀"

在从果洛回宁途中

就如上的意思

听司机反复抱怨

竟令我想到了

很多别的事情

因为离题太远

就此打住

在同德

迎着晚霞

在喝了不少酒的

洛桑搀扶下

跌跌撞撞

朝黄河第二湾

前进的途中

被赶上来的

司机小王打趣说：

"真看不出来

是洛桑喝大了

还是你喝大了"

我嘿嘿一笑

一点儿也没觉得奇怪

这种事情我遇到的

已经不止一次

生活在高原但我并不了解高原

来同德

我也跟广东人

丁燕似的

准备了秋裤

以及羊毛衫

用于防寒

最终

一件也没用上

美的力量

从同德县县府驻地

尕巴松多镇前往

河北乡的途中

在翻越 4000 米的

克穆达垭口之前

面对逐渐升级的美景

坐在后排一路都在

喋喋不休的丁燕

突然沉默了

并将这一状态延续到

翻过垭口之后

很长一段时间

旱獭

我手指车窗外
对后排的人说：
"快看，旱獭"
但是已经晚了
它瞬间钻进洞里
除了我
车上的同伴无人得见
尽管没有谁提问：
"为什么只有你
看见了旱獭"
但我还是要说：
"因为我一直在看"
不过也只是想了想
并未真的说出来

馅饼

根据我的观察

自从来到青海

喊了不知多少次

节食减肥的丁燕

吃得并不少

在河北乡牧家乐

甚至一口气干掉

被称为藏式比萨的

四五块牛肉馅饼

还打包了一些

这种生活在高原

几十年的我至今

也难以接受的东西

准备作明天的早餐

遗憾

在草原旅行

偶尔可以看到

牦牛和黄牛

或者牦牛和

其他我叫不出

品种的什么牛

和平共处

混杂一处

低头吃草的画面

这也是我希望

看到的画面

不过说实话

我能看到这种

画面的机会

并不是很多

秃鹫

车过过马营

丁燕在后排睡着了

这时巨大的秃鹫

出现在路边的塄坎上

静静地看着我们

司机踩了一脚刹车

这还是我第一次

如此近距离地

与一只秃鹫对视

我忘了拍照

但没忘了暗自敬佩

自己在高原上旅行

尽量保持清醒

力求不放过任何

风景的习惯

还满怀惋惜地回头

看了一眼戴着眼罩

处于梦乡的丁燕

南方

在绵阳做核酸
嗓子都是在
几乎没有任何
感觉的情况下
就结束了
其被棉签触碰
的温柔程度
是我在北方
从未经历过的
两次都是如此

在白水泉水库

为了参加绵阳诗会

摄影作品比赛

同伴中有人将镜头

伸向了一个偷渔者

弄得后者很不高兴

并愤怒地差点儿

砸掉对方的手机

同伴以假删的方式

才得以逃脱

射洪行

射洪人蒲永见

跟着我们这帮外地人

在近六十年的人生中

第一次来到了

位于射洪金华山的

陈子昂读书台

风

主人盛情

绵阳诗会告别晚宴

安排在安昌江畔

露天的环境里

拟吹着夏日傍晚

浪漫的江风进行

虽然整个过程中

我们的确吹着风

也玩得相当嗨

有几个脱光上半身

的家伙可作注脚

但风并非来自江面

而是大功率空调

决定

我就不大肆显摆

在绵阳诗会期间

拍摄的照片了

每一张都透露出

掩饰不住的幸福

在大疫未消之时

能够得到

这种幸福的人

着实不多

我怕刺激他们

拜谒杜甫草堂

去三台看望杜甫这天

天气大热

据木匠说达到了 38 摄氏度

于绵阳也是少见

置身杜甫草堂的阴影里

仍然汗流浃背

但我没有心生愤恨

反而暗自以为

杜甫就应该具有

这样的作用

把我身体里的毒素

朝外逼一逼

愉悦

绵阳诗会

带给我的愉悦

是多方位的

但是说什么

我都没有想到

白立通过炒股

赚了不少钱

这个信息

会成为其中之一

病未愈

嗅觉失灵

也不见得

全是坏事

最近几天

每次经过

小区垃圾

存放之地

我就体会到

一丝欣喜

早春

今年的春天

比以往都早

虽然疫情

尚未结束

墙角的残雪

也没消融

姑娘们

摘掉口罩

率先发芽了

原因

支持法西斯的庞德

在反对法西斯的

麦克利什、弗罗斯特

海明威等人的

大力呼吁和游说之下

才没有被美国联邦法院

判处叛国罪

这很可能也是

咱们没有麦克利什

弗罗斯特、海明威的原因

留学生

留美三年

我不知道

他学的什么

甚至不知道

英文水平如何

仅仅知道

现在他敢于

直呼父母大名

而且还是

当着众人面

否则我怎么

可能有幸听到

养鱼记

新买回的十条鱼里

率先死掉的两条

是最笨的两条

被过滤器吸引窒息

也是最贵的两条

它们加到一起比

其他八条加到一起

花费还要多

检讨

我对秦人形成的

抠门的不良印象

始自大学时代

一次送受伤的同学

回他西安的家

他的母亲留我们吃午饭

做的是西红柿鸡蛋拌面

连一点肉都没有

这一印象在我头脑里

存在了很多年

直到有一天我意识到

问题不在同学母亲

对于吃米长大的我

那时候不爱吃面

不爱吃西红柿甚至鸡蛋

只爱吃肉

爱情

90 岁的张老头要结婚了

他广告亲朋

大伙也很感兴趣

纷纷来到婚宴现场

但他们没有看见

自己想看的一幕

却意外地撞到了爱情

新娘是老头的青梅竹马

也已 90 岁

罕见

古稀之年的母亲

对她的孩子说：

"你们以后不用来看我了

我已经不爱你们了

我爱不动了"

这样的表达

我在外国小说里见过

而且只此一次

在北极

冰雪消融

草长花开

美丽的夏季

终于到来了

熊却不高兴

捕猎开始

变得困难

它们只能

忍饥挨饿

辑
五

贼心不死

对话

"先不说你写得怎样

有一点我想不明白

凭你的人脉资源

只要充分利用一下

早就红得发紫了"

"你们都是色盲啊

不是红得发紫

而是红得发黑吧

就是考虑到这一点

我才基本不用"

李绅

我把《悯农》作者

李绅当了大官之后

每天要吃三百鸡舌

也就是每天要杀

三百只鸡的故事

当作批判的材料

讲给几个年轻人听

他们异口同声

不无羡慕地说：

"这家伙可真有钱"

哑口无言

"花豹猎杀羚羊

也是迫于无奈

否则就得饿死"

我听到有人

以此作为理由

给一个坏蛋开脱

我明明知道

这其中有问题

可就是不知道

该怎么反驳

不是所有的关心都是恰当的

在昨晚的饭桌上

出于关心

我问来青的男作家：

"你住在哪里"

他嗫嚅半天

指着本地的女作家：

"她家"

然后又补充说：

"我睡觉好

窝沙发上也能着"

他还要解释什么

被我的一杯敬酒

打断了

曾记否

大学时代

每年开学之际

在从家返校前夜

我妈都要

在我的裤衩上

缝一个兜

于是在开学之后

有相当一段时间

从我使用的纸币上

都能闻到

一股尿骚味

惊讶

我无论如何想不到

"嫁一个有钱人

当全职太太得了"

这话是一位母亲对

留学归来的女儿说的

不过又想了一下

觉得身为母亲这么说

也没什么好惊讶的

厉害

"你跟那么多大领导相熟
怎么个人进步不大呀"
"你有所不知
这就是我厉害的地方"

梦（一）

我在枝头

不停地

蹦来跳去

根本不是大家

所想象的那样

——这种行为

是我表达

快乐的方式

只要看看树下

端着猎枪

冲我不断

瞄准的家伙

就知道了

梦（二）

我误入一个
新书的首发现场
远远看见作者
站在台上
我以手掩面
落荒而逃

该书是其
采用欺骗手段
从我这里拿走
在另外出版社
偷偷出版的
从那以后
我再未见过她

春夜

散步途中

见一姑娘

坐于人行道

正打电话：

"我摔倒了

快来救我"

我急步上前

伸出双手：

"姑娘

我扶你起来"

"不用你管"

语气生硬

似有不快

待我悻悻然

离开之际

才闻到一股

淡淡的酒气

梦（三）

电话接通后

我喂喂了好几声

对方不接茬

但可以听出

他正与别人说话

经过判断我认为

是其误拨所致

虽然我还听到

他们谈论的是我

而且讲的是坏话

可我仍然觉得

不该偷听

于是就挂了

好老师

新结识了一位母校

中文系的老师

其实也只是互加微信

但通过朋友圈里

各自所发的文字

应该算相互了解了

有一次他开私窗问我：

"我当过你的老师吗"

我如实回答：

"当年我不是好学生

经常旷课

就算教过我的老师

大多也记不起来了"

我不知道对此

他是怎么想的

是为没有教过我而遗憾

还是感到庆幸

不过通过他没有拉黑我

我觉得应该是前者

也证明他是好老师

家乡的味道

沙尘弥漫的早上

在上班的电梯里

一个女同事

一脸兴奋地说：

"又闻到了

家乡的味道"

令我莫名所以

直至想起这沙尘

里面的主要成分

来自河西走廊

而她的家就在

位于河西走廊的张掖

迂腐

作为贬义词

这个词经常

用来形容知识分子

可正是被用来

形容知识分子的

这个贬义词

让我觉得知识分子

是值得尊敬的

在仓桥直街

是不是老街

鼻子一目了然

过去我就知道

这个道理

无非是在绍兴

进一步明确了

这个认识

高处

我终于抵达了

梅家坞一览

众茶山的高度

美是挺美的

只是我未作

更多的停留

因为突然发现

自己正置身于

几座坟墓之间

有一座看上去

还很新

在梅家坞

看过采茶大妈

怎样采茶

从山上下来

我再也不敢

跟卖茶的

讨价还价了

虽然最终

因为囊中羞涩

还是讨价还价了

马大夫

接到一个电话

对方开口就问:

"你是马大夫吗"

我说:"不是

我是马诗人"

挂断之后

有点后悔

因为说了假话

我当然也是大夫

只不过他的病

可能不在我

诊治的范围内

改变

当代知识分子中

以宋朝为理想社会

模型者大有人在

过去我也忝列其中

改变以上看法

是看了苏轼传记

传主走到哪里

都把赈灾作为

首要的工作任务

即便在被世人誉为

天堂的杭州

也概莫能外

幼稚

这么漏洞百出

明显不实的

小道消息

他也信以为真

还要传递给我

足见其幼稚

如果放在过去

我会作如是想

但在经历过

诸多漏洞百出

明显不实的

小道消息

其中有些居然

是真事之后

就不能不承认

幼稚的是我了

骑行记（一）

夜骑途中

我摔倒了

是被路灯

和一棵树

共同制造的

一道阴影

绊倒的

汉学家

你只要有资源
请他来中国玩
好吃好喝好招待
你就有可能成为
他眼中的大师

最笨的人

搞团建活动

其中有个项目是

让一个蒙上眼睛的人

原地转三圈

在另一个人的口头指挥下

把剥好的香蕉喂到

十米开外的一个

也蒙着眼睛的人嘴里

作为旁观者

不但逗得我哈哈大笑

还觉得场上的人太笨

直到我上场表演一番

尤其是通过同事拍摄的

录像回看才发现

自己才是最笨的那个人

最应该遭到嘲笑的那个人

其中有一个镜头是

我把对方的眼睛当嘴巴

差点将其捅瞎

骑行记（二）

昨天傍晚

看见的那对野鸭

还在那块水面

游动觅食

这感觉相当美妙

仿佛今天傍晚

只是昨天傍晚的

短时间延续

再过一会儿

我将迎面

撞见一对情侣

打坡上朝下走来

女孩对男孩说：

"你看那个大叔

腿上多有力"

耳光

我妈给我二姨

寄了一包衣服

被快递员弄丢了

在交涉过程中

快递员向我妈

哀求不要投诉他

否则工作不保

包裹里的东西

不管值多少钱

他都会如数赔偿

我妈据实相告

过了几天

我妈来我家

并把此事告诉我

我也就顺嘴一说：

"你多说一点儿

他也会赔给你的"

我妈的回答

虽然声音不高

但还是响亮地

在我的脸皮上

抽了一记耳光：

"我一辈子不骗人

不能老了老了

为了一点儿钱

就把名声坏了

我才没那么傻"

建议

我给坐办公室的

好几位身体都

不太好的朋友建议

换一份快递小哥的

工作干一干

院都不用住

药也不用吃

跑个一年半载

保准什么病都没了

除了收到几记白眼

还收获了数句回怼

表达的都是一个意思：

"你怎么不去"

一扇门

它上面
写着"拉"
但怎么拉
用多大劲拉
也拉不开
是在我轻轻
一推之下
门才开的

骑行记（三）

为了避开昨天晚上

骑行过程中

被我吓了一跳

还破口大骂

令我仓皇逃离的

那个老太太

今晚我走了另一条路

没想到的是

老太太也走了这条路

还好她虽然盯着我

看了好一会儿

但没有认出来

抠

一个想自杀

自己不敢下手的家伙

想出了一个好办法

雇凶杀自己

可是她太抠了

只给了一半价钱

杀手也是挺绝门的

只取了她半条性命

把她弄成了

终身残疾

指南

考试的时候

总是有些题会答

有些题不会答

别在不会的题上

浪费太多时间

否则会答的题

都没时间答

就太可惜了

你把如上说法

作为人生指南

我也没有异议

不丢脸

大学同学要搞

毕业三十年同学会

大家在班级群里

纷纷回忆教过

自己的老师的名字

他们提到的老师

大部分我都想不起来了

但也并不以为意

不管我的老师是谁

我都可以负责任地讲

我没给你们丢脸

知我者只能是诗人

阳过之后

半年以来

我对不少人说过：

"新冠把我的脑袋

搞残废了"

只有海轶的回答

最合我意

自然也最具安慰效果：

"只要没把你

写诗的那根弦搞坏

其他的可以忽略不计"

贼心不死

世界接吻日这天

在我的朋友圈里

涉及这一话题的

只有几个老男人

和几个老女人

如果我不知道

他们都是诗人

一定会朝歪里想

使用"贼心不死"

这样的形容词

恐怕也在所难免

尽管他们的确有

贼心不死的意思

但对于诗人

这是允许的

也是必须的

任谁都能看出这是一个梦

司机跳下

行驶中的汽车

把不会开车的

一干人等

留在上面

其中包括我

车正在下坡

骑行记（四）

我正在骑车

碰到同居一院

正在散步的老张

老张问我：

"你干啥呢"

我犹豫了一下

但还是如实相告：

"骑自行车"

快乐

在盛夏的济南

一片蝉鸣声中

一个朋友对我说

他最快乐的事情

就是带儿子

夜晚拿着手电筒

来到小树林

捕捉刚刚破土而出

爬到树干上的

知了幼虫

拿回家

趁活着

油炸了

下酒吃

他一点儿也没意识到

他的快乐

是以屠杀

另一种生命为代价

获取的

天才

我遇到一个天才

他问了我一个

吃了几十年西瓜

都从来没有

想到过的问题:

"西瓜瓤为什么

是红色的"

东京的夏天

我还没有

到过日本

但我看见

东京的夏天

是美丽的

儿子在那里

恋爱了

梦（四）

我在行李箱上

绑了一条红绳

以防通过托运

领取行李时

发生混淆

可是在抵达

目的地之后

我看见传输带上

所有的行李箱

都绑着一条红绳

要命的是

关于这只

新买来的行李箱

我能记起的特征

就是绑着

一条红绳

骑行记（五）

骑个自行车

都事故频发

才骑了几个月

伤痕累累的小腿

就能说明

在人生这场

超长距离且

异常激烈的

自行车赛事中

出现什么状况

我都不意外了

水鸡

爷爷指着湖面上

野鸭旁边的小家伙

对小孙子说：

"那个叫水鸡"

于是我知道了

那个小家伙被人类

起了一个难听的名字

我想它也对这个名字

很不满意

为了加以证实

我喊了一声"水鸡"

果然心有灵犀

它瞪了我一眼

嘎嘎嘎掉头而去

青稞

在祁连山下
安武林对青稞
发生了兴趣
不但上网百度
还见人就问：
"青稞是不是大麦"
终至问到
一个当地人头上
得到的回答
令其无语
也令我不知
该说点什么：
"什么大麦不大麦的
青稞就是青稞"

扫兴

我在橡皮山上

拍摄了几张

云彩美景照

发在朋友圈

有人在下面留言：

"这可是地震云

你要当心了"

虽然令人扫兴

但不至于太扫兴

毕竟这样的事情

我已见怪不惊

困惑

给《当代》编一辑

青海诗歌小集

投稿者达数十人之多

可没有一个口语诗人

连泛口语写作者都没有

让我不禁疑惑起来了

不是说口语诗好写吗

可本省除我而外

怎么就再找不到

一个写口语诗的诗人呢

当然我也不能排除

他们看不上口语诗

我觉得

有一个年轻同事

来给我发喜帖

他太紧张了

把"请您后天

参加我的婚礼"

说成"请您后天

参加我的葬礼"

不过他很快就

意识到说错了话

并立马予以纠正

其实大可不必

第一次的表达

似乎也没问题

这影响了我后来的人生

我还记得

鉴于掌握了不少同学

都听过邓丽君的情况

王老师在课堂上

有一次教育我们说：

"这是靡靡之音

是坏东西

会严重损害

你们稚嫩的心灵"

大家都默不作声

但是我知道

有不止一个同学

跟我想的一样：

坏东西真好听

骑行记（六）

骑累了

坐在路边抽烟休息

一个女孩风驰电掣

骑在单车上

向我冲过来

我还没张大嘴巴

她就开始尖叫

几个路过的人

用奇怪的眼神看我

仿佛是我

把那个女孩怎么了

鸟巢

出自院子里

小鸟都敢于在

低到伸手可及的

树木间筑巢的

一户人家的孩子

长大之后

怎么可能不是

一个热爱生活

关心他人的人呢

苏轼是一个例子

星期日

我买菜回来

在楼下花园

椅子上休息

让一个被奶奶

领着的小娃娃

恶心了一把

我倒不是因为

他指着我说：

"你是坏人"

而是谁告诉他

陌生人是坏人的

反正在接下来

他连续指着

三个陌生人

都叫的是"坏人"

好事

口口声声

什么都是

日本好的儿子

到东京之后

第一次理发

就没有理好

他在电话里

抱怨了老半天

我什么都没说

但知道是好事

对他的成长

有益处

我总是能看见善良

在上行的电梯里

与外卖员相遇

当得知我家也在

他要送的那层

他问我:"不会是

你家点的吧"

然后就唠叨开了

"不知道这个人

是怎么想的

从朝阳东路

要牛肉粉汤

半个多小时行程

粉条早面糊了

还咋吃呀"

我说:"你就

挣你的钱

管那么多干啥"

这时候他敲响了

我隔壁的门

不知道他是不是

瞪了我一眼

不过在我的感觉里

他瞪了我一眼

在黄洋界

台阶上出现了

一些身子特别小

腿特别长的黑蜘蛛

走在我身边的同伴

每看见一只

就以伞柄头击之

我不知道他是怎么想的

也不知道他为什么这样做

只知道他是沉默的人

同学好几日

我就没见过他跟别人

说过一句话

自然也包括我

写作

如果我写的井冈山

在你的意料之中

我的写作就是失败的

过去我还从来没有

意识到这一点

烦

今天早上

我碰到的

出租车司机

是一个话痨

嘚吧了一路

且全是抱怨

能把人烦死

像某些诗人

我这么回答可能不对

"你儿子在日本

自己做饭吗"

"从来不做

他到那里留学

可不是为了

学习做饭的"

在四川

我有点儿不太相信

吃兔子头的地方

是富庶之地

尽管能把兔子头

做得很好吃

未能免俗

进庙

我是从来

不许愿

也不磕头的

但在三苏祠

却坏了规矩

跟小朋友

争着抢着

用东坡井里

打上来的水

洗手

甚至

还喝了一口

香气扑鼻

三苏祠里

桂花的香气

是我在川地

行走几天来

闻到的香味

最浓郁的

我不意外

还私自以为

理应如此

回答

当地朋友说：

"我们这里

把三苏用足了

不说三苏祠

还有东坡区

子瞻大道

子由路

苏洵路

用他们的名字

命名的酒店和饭馆

也不计其数

经济怎么还是

发展不起来呢"

我也不知道

自己说得对不对

反正如是作答：

"你们的要求太低

三苏不是干这个的"

第一山

自称第一山的山

我见过不少

像青城山一样

名副其实者

其实并不多见

对我这个烟民来说

这里允许抽烟

是最主要的原因

无非是被工作人员

赶到垃圾桶旁边

从青城山下来

迎面碰上两个胖丫头

其中一个说：

"要是修电梯就好了"

我接过话头：

"最好别这样

否则你要变成猪的"

估计她没有听见

青城山镇的早上

小贩正在杀鸡

在热水里褪毛

近在咫尺的

几只活鸡

却不为所动

在我看清

鸡腿上都绑着

一条绳子之前

心里不是滋味了

老大一阵子

模样

巴以战火又起

有一个家伙

来到我面前

并且开口问我：

"你站在哪一边"

我差点挥拳相向

因为他在等待我

回答时是一副

笑嘻嘻的模样

辑六

我不是归人只是过客

他人不是地狱而是暖气

如果你有大冬天

在路边等出租车

等了半天才等到

前一位乘客刚下来

你就坐上去的经历

而且就坐在了

前者的屁股

刚刚坐过的位置

你一定会同意

我的如上说法

一树红叶

刚刚在对岸

我没有看见

那树红叶

我是在抵达

河的另一边

朝对岸看时

才注意到

有一树红叶

经过辨认

还发现刚才

我就是从它

下面经过的

实录

记者问一个加沙小孩：

"你长大了想干什么"

小孩边想边说：

"我长大了……"

没说完就话锋一转：

"我们在巴勒斯坦长不大

在任何时候都可能被枪杀

失去生命

正常走路都会被杀死

这就是我们的生活"

视频到此结束

我也无心再写什么

看见几个清洁工在公园的长椅上午休

秋天的阳光

就是一床

刚刚絮过

新棉的被子

坐在另一张

椅子上的我

也想躺下来

睡上一觉

怪物

盛夏西安高新区

一个周六的早上

在小广场上独坐

拨拉手机过程中

我猛一抬头

看见坐在对面的

一个抱在爷爷

怀里的小娃娃

正在吃惊地盯着我看

并且带着那样的表情

不屈不挠地看了半天

直到我坐不住离开

才慢慢回过味来

小娃娃的样子完全是

在看怪物的感觉啊

虽然我不知道

自己怪在了哪里

但也并没有打算

进行反驳

在科技路汉庭酒店

虽然我知道宾馆里

送货送物的机器人

并不具备人的情感

但每次打来电话

明明知道已到门口

我还是会把话听完

每次取完物品

也还是会目送其离开

才转身回到房间

与大学同学邹西礼在上海鲁迅公园湖畔品茗叙旧

一

没想到坐下不久

我就找到了

青春年少的感觉

始于请一位

路过的比我们

大不了几岁的妇女

帮我们照合影

西礼将人家唤作

"阿姨"之时

二
在我们回忆

青春往事的时候

不断有鱼

打眼前的湖面

高高跃起

不过围绕此事

在接下来

吃上海本帮菜

喝绍兴酒的过程中

西礼并没有提及

又让我怀疑自己

是不是把想象

当成了现实

李清照

喝酒

赌博

光脚

吃醋

再婚

颓废

睡懒觉

总之是

不守妇道

不过

不如此

恐怕

世上也就

难有

李清照

雨

一场突如其来的大雨
把我赶进了辛稼轩祠
让我第一次意识到
辛弃疾就出生在济南
我不敢说没有一场雨
是下得无缘无故的
但我敢说眼前的这场
就是为了让我见到
我热爱的诗人而落

志同道合

在遥墙机场

候机过程中

坐在我对面

共用充电宝

各持各的平板

沉浸在游戏中

的一对青年男女

让我猛然想起

"志同道合"

这个久违的词

在遥墙机场

由于内急

我一头闯进

厕所过程中

与手持保温杯

从里面出来

边走边喝的

一个家伙

差点撞上

让我愣怔半天

竟忘了所为何来

天问

飞机上

提供的餐食

为什么

就不能做得

好吃一点儿

欢聚

朋友们一散

我就开始拉肚子

来势汹汹

不可阻挡

一夜七八次

但我并不以为意

欢聚的结果

就是这样的

我早就知道

有心理准备

我不是归人只是过客

我能吃辣

也感过瘾

这是在长沙

吃了几顿

当地菜之后

我的感受

可是肠胃

不这么认为

在两天后

提出抗议

在岳麓书院

苏轼不喜欢二程

（尤其是程颐）

我也一样

但有人喜欢

并把他们

供奉在这里

对此我好像

也没什么意见

登岳阳楼四首

一

刻在岳阳楼上的

"岳阳楼"三个字

出自郭沫若手笔

但不是他写好

寄给当地的字

而是当地人从其

装字的信封上

截取的三个字

只是传说

未加证实

不过我信

二

"白银盘里一青螺"

有多美好

我就有多失望

但愿如导游所言：

"现在是枯水季节"

我来得不是时候

三

此楼已不是

唐朝的那座楼

但并没有影响我

在洞庭湖里

找寻"亲朋无一字

老病有孤舟"的杜甫

并最终在运沙船的

夹缝里找到了他

对于苦难的敏感性

我向来不缺

况且它还与诗人有关

四

说实话

我一直不太相信

范仲淹写的岳阳楼

是真实的存在

尽管是一篇好文章

他没到过现场

作为口语诗人

职业习惯告诉我

未抵达现场的写作

基本上很扯

惊喜

回想长沙之旅

唯一的惊喜

来自不经意间

在晚饭等桌时

步入一条叫

白果园的老街

看到苏洵雕像

虽然不是苏轼

只是他爹

写于仓央嘉措诗歌广场

给诗人和诗歌

修一座广场

是值得称颂的

即便在刚察

盛夏黄昏时分

凛冽的寒风中

我知道此广场

不仅仅为诗人

和诗歌而建

有感

诗还是有用的

在诗歌节上

见几个诗人

都换了新老婆

我不能不产生

如上的感慨

不朽

在某届青海湖诗歌节上

在诗歌广场签名留念时

有一个我不认识的哥们

一脸兴奋地招呼我身后

几个抽烟的大巴司机：

"赶紧过来签名

不签白不签

刻到墙上去

咱们也能不朽了"

感受

外来的和尚好念经

虽然经念得不一定

有我这个本土和尚好

在每一届诗歌节上

我都有此强烈感受

在青海湖诗歌广场

我在坐在我前面的

本届金藏羚羊诗歌奖

获奖者澳大利亚诗人

马克的伴侣衣服上

发现了一根白发

我想提醒她

并帮助她摘下来

但最终还是作罢了

我想这种事情

还是留给马克做

更为合适

刚察

没到过这种地方

是不明白什么叫

"战旗猎猎"的

虽然我是从

诗歌节的旗帜

而不是战旗

身上看出来的

不过幸好不是战旗

否则哪来的心情

把"猎猎"作为

审美的客体

来加以欣赏呢

在青海湖的游船上

与徐贞敏合完影

西班牙语教授

大翻译家赵振江

对我讲起徐在美国

遭受新冠折磨了

好几个月之久的事

最终还多亏了

她的中国前夫

邮寄的中药调理

才终获痊愈

赵老师讲述过程中

没有流露任何

褒中批美的意思

只有对徐的同情

我在写诗的过程中

也同样抱着

对赵老师的意思

的贯彻落实之目的

不如此则该诗

将狗屁不是

加冕

在青海湖畔

半山腰之上

建设豪华酒店

并正在为其申请

五星级的家伙

无论如何想不到

以酒店屋顶

作为巢穴的老鹰

已提前给酒店

加冕为五星级

不适

在告别晚宴上

海轶的表现

尤其是言谈之中

体现出的幽默感

堪称惊艳十分厉害

他自己肯定也感觉到了

不过我的插话：

"你人与诗有分裂

如果能把这种幽默感

转化到你的作品中

就是大师"

一定让他小有不适了

从他虽然得意但是

还没有忘形这一点

可以看出来

冬夜

一个男人

面对银行

关闭的大门

又踢又打

又喊又叫

骂了无数句

"× 你妈"

在没有看清

他的手里握着

一部手机之前

我以为

他在冲银行

发泄愤怒

可不知为什么

即便看清了

是怎么回事

还是认为

他的愤怒

与银行有关

住院记（一）

既然禁止不了

烟民集中在楼梯

拐角处偷偷吸烟

致使地面上

都是烟头和烟灰

何不放一个

充当烟缸的器皿

我就是那么做的

当天的效果

也的确不错

可惜的是第二天

这个一次性水杯

就从窗台上

消失不见了

住院记（二）

平时一天

两拉大便

住院需要它

做检查用时

两天一次

也拉不出来

住院记（三）

长知识了

高原阳光充足

可本地人体内

普遍缺乏

主要靠阳光

合成的维生素 D

是物极必反的

又一个典型案例

绝望

清洁工绝望了

丢掉扫把

一屁股坐在

大石头上

头顶的树叶

被秋风刮得

一阵紧似一阵

往下掉

骑行记（七）

我停下自行车

湖边的一群麻雀

呼啦一下飞起

不过仍然有几只

该干啥还干啥

当我是空气

我点了点头

并点燃一根烟

麻雀再笨

还是有聪明的家伙

知道两脚兽再坏

也有例外

戴手铐的小伙

几天过去了

我还记得

夜晚散步途中

遇到的那个

被两名警察

押着走的小伙

在意识到

我在注目他时

他努力将

戴着的手铐

往衣服下摆里藏

可是衣服太短了

还是露出一点儿

可能与衣服的

颜色有关

仍旧很显眼

骑行记（八）

把注意力放在

沿途的风景

而不是老想着

那个折返点

以及最后的归处

这样一路跑下来

能剩不少力气

他为什么就不忏悔呢

真是见鬼了

比我不知道

要聪明多少倍的

《存在与虚无》

的作者海德格尔

不惜与爱徒

马尔库塞决裂

遭世人和历史

白眼与冷对

一辈子都没有对

以校长之职

为纳粹统治下的

弗莱堡大学服务

进行忏悔

骑行记（九）

我多次目击

野鸭从湖的一边

越过一座小桥

沉重地飞到

湖的另一边

我从未见过

一只野鸭

从桥的下面

轻轻松松

直接游过去

我不惜采用

冒险的方式

对小桥的下面

进行观察

除了有点儿黑

并不存在危险

可是我没有办法

把这个发现

告诉野鸭

所以我只能

一遍又一遍

眼睁睁地看着

它们煞有介事

从湖的一边

费力巴拉地

飞到另一边

或者相反

在社区诊所

我不知道

小女孩的父母

哪里去了

反正没有出现

在诊所里

一个小女孩

可能还没上学

另一个也就

上二三年级

都感冒了

双双来打针

大一点儿的女孩

坚强一些

小一点儿的需要

让大人捂着眼睛

在扎针的时候

充当其临时

父母的我

虽然是愿意的

但还是不禁想

小女孩的父母

干什么去了

并替孩子

滋生出一丝怨气

虽然我隐隐约约

觉得十有八九

错怪了他们

骑行记（十）

天冷了

沿湟水河骑行

我又看到了

我的大师王维

水量减少

这一次他是

河水中央

露出来的

一块白色石头

经验

我有拔牙

和种牙的经验

但对新一轮

拔牙和种牙

没有起到经验

应该起到的

任何正面作用

该怎么害怕

还怎么害怕

该怎么痛苦

还怎么痛苦

虎父无犬子

有一天

儿子对我说：

"还是你们年轻

时候的歌好听"

我没有反问他

是什么原因

我相信他明白

即便现在不明白

岁月也会

让他明白

里面有真情

暖冬

夜晚散步途中

碰到一个正在

翻腾垃圾桶的

流浪汉

我就不为

今年反常的气候

忧心忡忡了

反而希望这个

截至目前

晚上还不需要

戴棉帽子的暖冬

持续得

能够更久一点儿

雪

天气预报里

没有提及的

一场落雪

总是令人

异常兴奋

下在今年

此地的初雪

就是如此

我相信这不是谣言，类似的事情我见过不少

一名居住在以的阿妇女

频繁发表支持哈的言论

当以警察找到她并当面宣布

要将其送到哈的大本营加沙

她当场崩溃了

现在好像没人害怕被骂了

头一天午休时间

冲击钻响起不久

有人在楼栋群里骂：

"谁家休息时间

使用冲击钻

就不得好死"

可是第二天中午

并没有改变

该怎么响还怎么响

而且好像还是

出自同一个位置

成就感

成就感这东西

并不稀奇

我两天时间

只抽掉一包烟

而且还是

类似牛肉面里

毛细的那种

就能获得

骑行记（十一）

我每次骑行

都会带一个白面饼

用于到湖边喂野鸭子

可是有一次我骑饿了

只好先满足自己

野鸭子很不满意

围着我嘎嘎直叫

令我产生了莫大恐惧

我有一种感觉

再不跑掉

它们会蜂拥上来

将我分而食之

骑行记（十二）

我从一面陡坡上

一跃而下

一个孩子

冲我惊呼一声：

"哇，好帅"

让我在接下来的

骑行中

高兴了老半天

还进一步发现

这么多年

我一直以为已经

克服掉的虚荣心

死灰复燃

冷

小鸭子

扎了一个猛子

再想露头

但出不来了

湖面已结冰

别以为你就是对的

在我们这里

被视为讨厌鬼

的黑乌鸦

在一水之隔的

日本人眼中

可是吉祥鸟

生年不足百

晚饭桌上

一个朋友说：

"据科学家推断

随着地球温度

和湿度的变化

2.5 亿年之后

人类将彻底消失"

令我辗转反侧

大半夜还没睡着

我想的最多的是

到了那个时候

这些诗怎么办

小雪

在小雪这天
我的朋友圈里
诗人们正在抒发
对这个节气名称
无限美好的赞叹之时
（有很多人还联想到
女孩子的芳名）
受寒潮影响
道路结冰
我在上班途中
目击到多起车祸
120 的警笛
久久回荡在
本城的大街小巷

高兴

向杜甫草堂

进发的出租车上

司机对我和老赵

谈论的口语诗

产生了浓厚兴趣

问我们在哪里

可以读到

我想都没想

掏出一本要送给

一个诗友的诗集

签名赠之

大胆

在严禁烟火的

杜甫草堂里喝茶

诗来敲门

点烟开写

一个服务员发话：

"你好大胆"

我头都没抬

顺嘴作答：

"没这个胆子

还写什么诗"

奇人必有奇事

在龙抄手吃饭

杨黎说

他年轻的时候

一顿吃过

四十碗钟水饺

现在也能吃十碗

只是身体原因

不敢吃了

参观杜甫草堂

五十元一张的门票

年过六十的老赵

不用掏了

我不知道有没有

给他带来一丝

青春不再的安慰

一路上我都想着

问一问他

但最终没有开口

悲哀

在杜甫草堂喝茶小憩

一只耳朵听老赵说话

一只耳朵无意间听见

作为服务员的两个

正值妙龄的女孩对话

一个说："什么爱情不爱情的

只要哪个男人给我三五十万

我就把自己卖了"

另一个附和道：

"我的想法跟你一样"

天才

在成都龙抄手吃饭
我对杨黎说：
"有些天才是天生的
比如你
有些天才是后天
写出来的"
但是我不记得
关于后者
是不是举了例子
反正我知道

异乡人

在成都
老杨和老赵
用川音交谈过程中
我产生了强烈的
异乡人之感
不过我也扪心自释：
这没什么好奇怪的
祖国太大了
走到哪里
我都可能成为异乡人
成为异域人
其实也不稀奇

后记

唐欣通过微信把写就的充满溢美之词的《美味》序言发过来，我回复道："你把我写得太好了，我都不知道自己有这么好！"我绝非谦虚低调，是内心情感的真实流露。

虽然写了三十多年诗，但我不敢说自己越写越好了。有的时候回看一些自己的老东西，常常觉得似乎还是过去写得更好。但我也知道，有的时候，人是看不清自己的，远一点儿的还好说，越近的越看不清楚。好在我还懂得一个道理，对未来而言，现在也会成为过去，那就等到彼时再回头观望吧。至于现在，权且听凭朋友们的口碑，我所能做的好像只剩一件事，那就是写，继续写，多多地写，趁我还能写得出来，趁我还没有对写诗这件事感到厌倦和腻烦的时候。

该书所收作品，是我从创作于 2021—2023 这三年间的上千首短诗中精选出来的。虽然不能说都是自己满意的作品，但相比较弃之不用的那七八百首诗，应该还是相对满意的。大家一定注意到了，这三年与疫情三年的重合度是很高的。里面自然不乏与疫情有关的作品，但更令我欣慰的，是在编完回看的时候发现，大部分还是写日常生活的作品。我想这绝非自己有意为之，而是一个千锤百炼的口语诗人的习惯使然——任尔东西南北风，我自岿然不动，我就写我自己的生活，爱咋咋地。三十多年来我就是这么干的。

　　说到口语诗人，好像不说说口语诗，恐怕有人会有意见。但说实话，我是不太愿意谈论的。一方面谈口语诗的人太多了，他们的话加一起似乎比口语诗文本的建树和功绩还大，已经足够了，甚至有雷声大雨点小的嫌疑；另一面，我好像也没有什么独到的见解，无非是重复别人、拾人牙慧，况且我也不认为他们说得都对。还有一个方面，即便我也知道这么想不对——谈论自己手里正在干的活儿，我总觉得哪里不对劲儿，就好像一边包饺子，一边告诉客人，这饺子是什么馅的，这馅是怎么调出来的，有多么多么好吃。你让客人还怎么吃啊！一点儿悬念没有，一点儿神秘感没有的事，我是不屑于干的。但我还是要说明一点，在当代，不管你是不是口语诗人，写的是不是口语诗，如果你的诗里没有一点儿口语成分，或者说没有一点儿口语精神，你的写作就没有进入当下，进入时代的现场，也就是没有进入现代，更不要说后现代或后现代之后了，套用别人的话说，就是你out了。

没有接触过口语诗的人，可能不明白什么是口语诗，也不明白我所说的口语成分和口语精神，如果你恰巧先阅读了这篇后记，那就打开这本诗集，当你一首一首看完，我保证你会有所领悟。如果你看完了这本诗集，才看到这篇后记，那就掩卷追思，沿着我的说法回顾，我保证你也会有所收获。

我总觉得后记写得过长，是不懂事的表现，那么就此打住。

马非

2024 年 8 月